COLLECTION DE M. X***

ANCIENNES

PORCELAINES DE CHINE

Émaux cloisonnés — Bronzes

SCULPTURES EN MATIÈRES DURES

Porcelaines & Faïences Européennes

MEUBLES

EXEMPLAIRE DE H. STETTINER

Paris — Juin 1906

ANCIENNES

PORCELAINES DE CHINE

ÉMAUX CLOISONNÉS, BRONZES

Sculptures en matières dures

Porcelaines & Faïences Européennes

MEUBLES

CONDITIONS DE LA VENTE

Elle sera faite au comptant.

Les adjudicataires paieront *dix pour cent* en sus des prix d'adjudication.

Les expositions mettant le public à même de se rendre compte de l'état et de la nature des objets vendus, il ne sera admis aucune réclamation, pour quelque cause que ce soit, une fois l'adjudication prononcée.

DATES CORRESPONDANT AUX ÉPOQUES

INDIQUÉES AU CATALOGUE

Soung.	960-1127	Kien-Lung	1736-1796
Ming.	1368-1647	Kia-King	1796-1821
Khang-Hi	1661-1722	Tao-Kouang	1821-1851
Yung-Tching	1723-1736	Hien-Fong	1851

Paris. — Imp. Georges Petit, 12, rue Godot-de-Mauroi. — 19...-06.

CATALOGUE

DES

ANCIENNES

PORCELAINES DE CHINE

DÉCORÉES EN BLEU ET EN COULEUR

des époques MING, KHANG-HI, KIEN-LUNG, etc.

PORCELAINES MINCES, CÉLADONS, etc.

ÉMAUX CLOISONNÉS & BRONZES ANCIENS

Matières dures : Agate, Jade, Lapis-Lazuli

PORCELAINES DU JAPON

Porcelaines & Faïences Européennes

MEUBLES — VITRINES

Composant la

Collection de M. X***

DONT LA VENTE AURA LIEU

HOTEL DROUOT, Salle N° 6

Les Vendredi 8 et Samedi 9 Juin 1906, à 2 heures

COMMISSAIRE-PRISEUR : M° F. LAIR-DUBREUIL, 6, rue de Hanovre

EXPERTS

MM. PAULME & B. LASQUIN Fils | M. LAURENT HÉLIOT

10, rue Chauchat | 12, rue Laffitte | 62, rue de Clichy

EXPOSITIONS

Particulière : *Le Mercredi 6 Juin 1906, de 1 heure 1/2 à 5 heures 1/2*

Publique : *Le Jeudi 7 Juin 1906, de 1 heure 1/2 à 5 heures 1/2*

DÉSIGNATION

ANCIENNES PORCELAINES & FAIENCES
Européennes.

1 — SAVONE. Plat ovale, décoré dans le fond d'un paysage avec figures allégoriques et bordure à rinceaux.

2 — CASTELLI. Plaque ovale, décorée d'un sujet biblique en couleur.

3 — URBINO. Petite coupe à piédouche, ornée d'un paysage avec personnage guerrier.

4 — URBINO. Deux salières, forme chimère ailée, décorées en couleur.

5 — URBINO. Plateau à piédouche, avec bord lobé et centre relevé, décoré d'un saint Jérôme dans un paysage. — Autre plateau à sujet biblique.

6 — URBINO ET AUTRES FABRIQUES. Plateau à piédouche, avec saint personnage encadré d'arabesques. — Plateau de forme contournée, à paysage. — Plat creux à godrons, avec tête au centre et ornements rayonnants. — Plat avec sujet : la Flagellation.

7 — CASTEL-DURANTE. Plat entièrement décoré d'un sujet guerrier avec nombreux personnages ; fond de paysage avec ville et rivière. Armoirie dans le haut.

8 — ITALIE. Plat offrant au centre, sur fond bleu, un buste de femme avec banderole et inscription ; marli à compartiments, imbrications, rinceaux et bandes en couleur.

9 — ITALIE. Plat creux, orné au fond d'un amour : bordure à attributs divers sur fond bleu.

10 — ITALIE. Plateau, décoré au centre d'un buste d'homme avec banderole et inscription.

11 — ITALIE. Plat rond creux, offrant au centre une figure de pèlerin dans un paysage. Marli à compartiments de feuilles, rinceaux et carrelages.

12 — ITALIE. Plateau à piédouche, décoré d'un portrait de femme avec banderole et inscription.

13 — ITALIE. Plaque circulaire, en terre émaillée, offrant les armoiries en couleur d'un pape sur fond bleu.

14 — ITALIE. Deux pots de pharmacie à anse et bec, décorés en couleur d'attributs divers sur fond bleu avec inscription. Sur l'anse, sujet allégorique : Naïade sur un dauphin.

15 — HISPANO-MORESQUE. Faïence . Plat à reflets métalliques, orné au centre d'un oiseau archaïque sur fond d'arabesques.

16 — RHODES. Petit plat, décoré en couleur de feuillages fleuris : bordure à fond bleu avec ornements réservés.

17 — RHODES. Plat de décor analogue.

18 — RHODES. Plat de décor analogue.

19 — PALISSY (Attribué à). Coupe de forme oblongue, ornée au fond de deux personnages en bas-relief ; le bord antérieur est agrémenté de coquilles.

20 — PALISSY (Attribué à . Corbeille à piédouche avec fond ajouré, orné de fleurs dans des rosaces disposées régulièrement : bordure à feuillage et fleurettes.

21 — PALISSY (Attribué à). Coupe à piédouche, de forme ovale, ornée dans le fond d'une figure nue : Diane et ses chiens ; bordure à compartiments de feuilles et tiges fleuries.

22 — DELFT. Théière avec son couvercle surmonté d'un chien de Fô, de forme côtelée, avec médaillon sur chaque face, décorée en couleur, dans le goût chinois, de branches fleuries.

23 — DELFT. Plat, décoré en couleur d'une rosace à compartiments en forme de cœur, chargés de fleurs.

24 — ROUEN. Plat rond, décoré en bleu sur fond blanc, au centre, d'une gerbe de fleurs ; marli à riche lambrequin, avec rinceaux réservés sur fond bleu.

25 — ALLEMAGNE. Plateau carré, à angles cintrés rentrants, en grès émaillé, décoré en léger relief d'une armoirie et d'ornements divers.

26 — ALLEMAGNE. Faïence d'. Paire de perroquets, perchés sur des boules d'amortissement, décorés au naturel.

27 — SAXE. Deux gobelets décorés, dans le goût coréen, de fleurs, insectes et animaux.

28 — SAXE-MARCOLINI. Cabaret tête-à-tête, composé d'un plateau, deux tasses à café, deux tasses à thé, deux soucoupes, une théière, un sucrier couvert et un crémier ; décor à fleurs en camaïeu. Écrin en cuir gaufré.

29 — SAXE. Environ vingt tasses et soucoupes, variées de décor.

30 — PARIS (A la Reine). Tasse-trembleuse avec couvercle et présentoir ; décor à guirlandes fleuries et chiffre.

31 — SAINT-CLOUD. Pot cylindrique couvert en ancienne pâte tendre blanche, décoré en relief de branches de fleurettes ; cercles de monture, en argent gravé.

32 — SAINT-CLOUD. Sucrier couvert et présentoir en ancienne pâte tendre blanche, décoré en relief de branches de fleurettes ; cercles en argent à godrons.

ANCIENS BRONZES DE LA CHINE

33 — VASE-LANCELLE à quatre lobes, orné de deux anses faites de petits dragons dorés. *Kien-Lung.*

34 — BRULE-PARFUM circulaire à trois pieds et deux anses, en bronze niellé à patine brune.

35 — BRULE-PARFUM en bronze niellé à patine brune. Il est à deux anses et porte sur trois pieds. Socle et couvercle en bois de fer.

36 — STATUETTE de divinité assise, en bronze niellé à patine brune.

37 — URNE en bronze incrusté et niellé d'or et d'argent, avec arêtes aux angles et au milieu des quatre faces ; il est décoré sur l'épaulement de têtes d'animal chimérique et sur la panse d'ornements divers. *Soung.*

ÉMAUX CLOISONNÉS ANCIENS

38 — VASE à panse sphérique, chargé de carrelage étoilé sur fond bleu turquoise, avec médaillons ornés de rinceaux. Col et base avec palmes et lambrequins. *Kien-Lung.*

Haut., 39 cent.

39 — VASE à deux anses : dragons et anneaux, décoré sur un fond de carrelage avec fleurettes, de palmes et grecques ; bordure au col et à la base ; boutons en bronze doré sur l'épaulement du vase. *Kien-Lung.*

Haut., 40 cent.

40 — PAIRE DE LANTERNES de forme carrée, reposant sur tige et base en bronze émaillé en couleur sur fond bleu turquoise ; les verres ornés en peinture d'un caractère chinois au centre, avec bordure d'encadrement à grecque et fleurs.

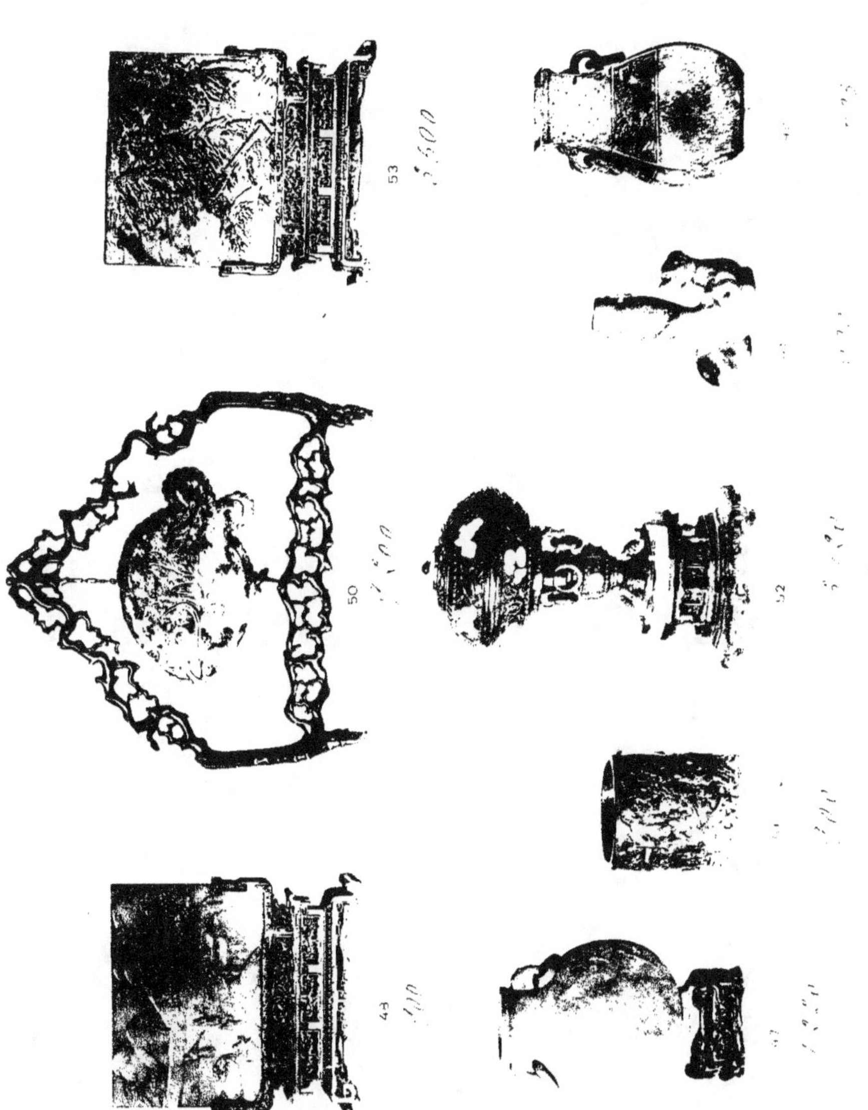

MATIÈRES DURES

Agate — Jade — Lapis-lazuli — Laque de Pékin

41 — *Agate*. PORTE-BOUQUET formé d'un chien couché, portant un vase à deux petites anses ajourées, décoré en léger relief de médaillons et feuillage.

Haut., 16 cent.

42 — *Agate jaune*. PETIT ÉCRAN rectangulaire en hauteur, sculpté sur l'une des faces d'une branche de grenadier. Monture en ébène ornée de petites appliques en bronze.

43 — *Jade gris*. COUPE à deux anses-papillons et anneaux détachés pris dans la masse. Le fond de la coupe est sculpté en relief de deux poissons avec fleurs et feuillage ; rinceaux en léger relief et revers analogue.

Diam., 24 cent.

44 — *Jade gris clair*. GROUPE : personnage tenant une branche de pêcher fleuri, appuyé sur un rocher, contre un arbre en fleurs avec oiseau.

45 — *Jade blanc nacré*. COUPE hémisphérique reposant sur cinq pieds, décorée d'une frise avec dragons sculptés en relief. Socle et couvercle en bois de fer finement sculpté et ajouré. Branche de corail sur le couvercle.

46 — *Jade blanc*. POTICHE ovale simulant un bambou avec branche, feuillage et oiseaux sculptés et ajourés. Bordure de pierres serties à la base.

47 — *Jade blanc*. VASE de forme aplatie, à deux anses et anneaux détachés pris dans la masse, sculpté sur ses deux faces en léger relief, de branchages fleuris et d'oiseaux ; grecques au col et à la base. Socle en ivoire sculpté et ajouré, orné de petits dragons.

Haut., 20 cent.

48 — *Jade blanc*. PETIT ÉCRAN de forme rectangulaire, offrant, sculpté sur l'une de ses faces, un paysage montagneux avec cinq petits personnages. Socle en bronze ajouré, finement ciselé et doré.

Haut., 25 cent.; larg., 23 cent.

49 — *Jade brûlé*. VASE quadrilatéral, à surface convexe, à deux anses et anneaux pris dans la masse ; il est orné d'une bande sculptée en léger relief, avec grecque simulant un masque de tête chimérique.

Haut., 22 cent.

50 — *Jade vert émeraude tacheté de blanc*. ÉCRAN formé de deux poissons accouplés, sculptés en bas-relief sur les deux faces. Il est suspendu, au centre, d'un entourage en bois de fer sculpté et ajouré. Pièce remarquable.

Haut., 14 cent.; larg., 21 cent.

51 — *Jade vert olive*. PHOSE entièrement recouvert de sculptures, avec parties ajourées : paysage avec petits personnages.

Haut., 13 cent.; diam., 12 cent.

52 — *Jade vert olive*. VASE BRULE-PARFUM formé d'une coupe avec couvercle ajouré, reposant sur une tige-balustre, ornée de consoles et d'anneaux détachés pris dans la masse, sur base polygonale. Il est agrémenté de fruits symboliques, de grecques et de godrons sculptés, avec incrustations ou appliques de fleurs en jade blanc. Socle en bois de fer incrusté de métal, avec petite galerie en jade blanc gravé.

Haut., 32 cent.

53 — *Lapis-lazuli*. ÉCRAN de forme rectangulaire, offrant, sculpté sur chacune de ses faces, un paysage montagneux avec personnages d'un côté. Socle en bronze ajouré, finement ciselé et doré.

Haut., 27 cent.; larg., 22 cent.

54 — *Laque de Pékin*. VASE à quatre lobes, sculpté en relief de médaillons avec paysages sur fond d'arabesques.

Haut., 30 cent.

PORCELAINES DU JAPON

136 55 — PAON en porcelaine de *Kioto*, décorée au naturel.

100 56 — DEUX COUPES rondes en vieux *Kutani*, décorées en couleur.

150 57 — BOL en vieux *Kutani*, décoré en couleur, à l'intérieur et à l'extérieur, de fleurs, oiseaux, rinceaux et bordures avec médaillons.

58 — PLAT décoré en rouge, bleu et or, d'une armoirie au centre, encadrée d'un lambrequin et d'une bordure.

Diam., 26 cent.

200 59 — CARPE debout sortant des flots, décorée au naturel.

160 60 — STATUETTE de femme debout, vêtue d'un costume à fleurs en couleur.

ANCIENNES PORCELAINES
de la Chine

61 — TASSE ET SOUCOUPE, décorée de fleurs en bleu sur fond blanc ; la tasse à double enveloppe réticulée, la soucoupe avec marli ajouré. *Khang-Hi*. — Autre TASSE ET PRÉSENTOIR, de forme hexagonale lobée, offrant en couleur, sur fond clathré d'or, des scènes d'intérieur et paysages. *Kien-Lung*.

280 62 — TASSE COUVERTE à fond rose gravé, décorée en couleur de rinceaux fleuris et de médaillons réservés en blanc, avec personnages dans des paysages. *Kien-Lung*.

63 — DEUX TASSES ET SOUCOUPES de forme lobée, imitant la fleur de marguerite et reposant sur des branchages de lotus en relief. Elles sont décorées sur fond or et rouge brique de fleurettes et personnage au centre. Revers aux trois couleurs. *Kien-Lung.*

64 — TASSE ET SOUCOUPE en *porcelaine mince,* décorée en couleur d'oiseau et branches fleuries au centre; bordure à rinceaux, petit médaillons et quadrillés. *Kien-Lung.*

65 — TASSE ET SOUCOUPE à fond noir, ornée de bandes en couleur chargées de fleurettes. Revers noir, avec branches de pêcher en fleurs. *Khang-Hi* marques symboliques.

66 — TASSE ET SOUCOUPE en *porcelaine mince,* à bords festonnés, décorée en couleur d'un coq perché sur des rochers avec fleurs. *Kien-Lung.*

67 — TASSE ET SA SOUCOUPE en *porcelaine mince,* décorée en couleur sur fond blanc de personnages dans un paysage. *Yung-Tsching.*

68 — PETITE THÉIÈRE à anse surélevée en terre de *Boccaro,* décorée en léger relief de fleurs et grecques.

69 — THÉIÈRE à bec et anse formés de *chiens de Fô,* décorée en couleur et ornée, sur la panse, de quatre médaillons réticulés; couvercle ajouré surmonté d'un oiseau. *Kien-Lung.*

70 — GROSSE THÉIÈRE couverte de la Compagnie des Indes, décorée en couleur et dorure de scènes à personnages, avec bordures à rinceaux et grecques.

71 — HANAP décoré en bleu sur fond blanc de rinceaux de feuillages avec médaillons et bordures diverses. *Khang-Hi.*

72 — BOL à fond gravé *jaune impérial,* chargé de branches fleuries et orné de quatre médaillons réservés avec fleurs en couleur. Intérieur à décor bleu. *Tao-Kouang.*

73 — Bol., décoré sur fond blanc, de fleurs, oiseaux et papillons en émaux de couleur, avec fleurs à l'intérieur. *Kien Lung.*

74 — Bol., décoré en couleur, à l'intérieur et à l'extérieur, de branches de magnolia et prunier en fleurs sur fond blanc. *Yung-Tsching.*

Diam.. 25 cent.

75 — Bol. évasé, décoré en couleur, à l'intérieur, d'un dragon dans des flammes ; à l'extérieur, de fleurs et attributs bouddhiques. *Khang-Hi.*

76 — Boite cylindrique à bec en céladon vert camélia uni, avec cercles et deux mascarons. *Khang-Hi.*

Haut.. 10 cent.

77 — Burtt. à sacrifice à long bec tête de dragon, décorée en couleur de rinceaux et de fleurs avec lambrequin et bordure à canaux à la base. *Kien-Lung.*

Haut.. 19 cent.

78 — Cornet évasé à renflement médian, fond vert turquoise craquelé et gravé sous couverte, avec palmes et grecques. *Kien-Lung.*

Haut.. 31 cent.

79 — Gourde à deux renflements, décorée, sous couverte à fond chamois, de fleurs, rinceaux et oiseaux en léger relief. *Ming.*

Haut.. 24 cent.

80 — Pot à panse sphérique, col cylindrique et anse à tête de dragon, décoré en bleu sur fond blanc de fleurs avec lambrequin ; bordure au col à grecque et rinceau. Portant la marque : *Yung-Tsching.*

81 — Vase à eau en porcelaine de Corée, avec anse de forme carrée, décoré en couleur de paysages.

82 — Petit vase a eau ou brûle-parfum, en céladon bleu clair, gravé.

83 — Brule-parfum de forme rectangulaire, sur quatre pieds élevés, avec deux anses et son couvercle surmonté d'un animal chimérique. Il est décoré, en dorure et en relief, d'ornements sur fond quadrillé gravé, et simule le bronze antique. *Kien-Lung.*

84 — Brule-parfum tripode, à deux anses et couvercle, décoré sur fond vert clair de chrysanthèmes et rinceaux, avec lambrequin en couleur. *Kia-King.*

85 — Brule-parfum rectangulaire, à quatre pieds et deux anses, fond or avec dragon dans des nuages en vert et noir. Couvercle ajouré en bois de fer.

86 — Deux appliques figurant des gourdes à double renflement, décoré sur fond rouge corail de bâtons rompus en dorure, avec médaillons réservés et caractères. *Kien-Lung.*

87 — Trois chimères en céladon bleu turquoise, vert et violet.

88 — Deux petits groupes de deux *poussah* en céladon, l'un bleu turquoise, l'autre violet aubergine. *Khang-Hi.*

89 — Poussah assis, émaillé blanc. *Khang-Hi.*

90 — Paire de lions de Fô, en blanc, sur terrasse rectangulaire, décorée de fleurs en relief. *Khang-Hi.*

Haut., 30 cent.

91 — Deux boites rondes à fond vert craquelé et bleu lapis, gravé sous couverte. — Petite coupe à fond vert camélia.

92 — Deux petits vases-appliques décorés en couleur, l'un à fond jaune gravé, l'autre à fond bleu lapis, tous les deux avec médaillons chargés d'inscriptions. *Tao-Kouang.*

93 — Deux gourdes lenticulaires à deux petites anses, l'une à fond chamois craquelé, avec étoile et bande en bleu azuré, l'autre à fond brun poudre de thé, avec décor en léger relief.

94 — Sceptre décoré en couleur sur fond vert, de fleurettes et de caractères chinois. *Kien-Lung*.

95 — Petite gourde lenticulaire à deux petites anses, en céladon bleu turquoise. *Kien-Lung*.

96 — Deux petites gourdes émaillées, l'une vert camélia, l'autre bleu clair.

97 — Boîte ronde, de forme lobée, à fond turquoise, ornée de grecque et fruits en léger relief ; le pourtour à bâtons rompus gravés en creux et dorure. *Kien-Lung*.

98 — Drageoir composé de douze petits plateaux décorés chacun de fleurs, fruits et papillon ; bordure à quadrillé. *Kien-Lung*.

99 — Plateau à piédouche, fond rouge flambé *sang-de-bœuf*, orné au centre de deux lions de Fô, avec bordure à lambrequin en couleur. *Kien-Lung*.

Diam., 29 cent.

100 — Petite coupe ronde à bord évasé et fond ajouré en couleur avec rinceaux fleuris. — Coupe en forme de lotus émaillée *bleu-soufflé*. *Kien-Lung*.

101 — Coupe de forme sphérique aplatie, à fond craquelé bleu lavande. *Khang-Hi*.

102 — Coupe à sacrifice de forme évasée en gris jaunâtre craquelé, ornée d'animaux en relief.

103 — Coupe forme lotus, en céladon bleu turquoise avec dragon et fleur en relief. *Kieng-Lung*.

104 — COUPE à piédouche en craquelé bleu turquoise, très finement truité. *Yung-Tsching* (marquée).

105 — PLAT rond creux, fond vert camélia, décoré en manganèse, au centre d'un dragon dans des nuages, entouré d'autres dragons plus petits ; revers analogue. *Khang-Hi* (marqué).

Diam., 31 cent.

106 — PLAT rond creux en céladon flambé aubergine et turquoise.

107 — PETIT PLAT à pâte gaufrée sous couverte, orné de trois bordures en rouge de fer et dorure.

108 — PLAT avec sujet à personnages au centre, bordure à lambrequin en bleu sur fond blanc.

109 — GRAND PLAT rond, décoré en bleu sur fond blanc, de huit compartiments rayonnants à fleurs. Bordure à fond bleu et rinceaux en réserve, avec quatre médaillons fleuris.

Diam., 34 cent.

110 — PLAT, fond *jaune impérial*, décoré d'un dragon dans les nuages en vert gravé. Revers analogue. *Khang-Hi*.

Diam., 31 cent.

111 — PLAT, décoré au centre d'un médaillon à bord dentelé avec fleurs et rouleau. Marli à compartiments de paysages et fleurs, sur fond à grecques et arabesques en bleu. *Kien-Lung*.

Diam., 28 cent.

112 — PLAT, décoré au centre d'un médaillon à l'encre de Chine : Personnage dans un intérieur ; fond entièrement décoré en dorure, de fleurs et rinceaux ; marli analogue avec quatre médaillons fleuris. *Kien-Lung*.

Diam., 31 cent.

113 — PLAT, décoré en couleur, au centre, d'un paysage avec fleurs ; bordure au marli à fond de couleurs variées, rehaussé de fleurs et rinceaux. *Kien-Lung.*

Diam., 34 cent.

150

114 — PLAT rond creux, décoré en couleur, au centre, d'un groupe de personnages auprès d'un *axis ;* marli à branches fleuries. *Yung-Tsching.*

Diam., 32 cent.

300
la pièce

115 — PLAT rond creux, décoré en couleur, dans le fond, d'une scène de guerriers au combat. Bordure à carrelages divers et médaillons avec attributs. *Yung-Tsching.*

Diam., 36 cent.

500

116 — PLAT rond creux, décoré en couleur et dorure ; au fond, *scène de théâtre* avec personnages acteurs. Marli à fond vermiculé rouge brique, chargé de fleurs avec quatre médaillons en blanc, ornés de paysages avec figures et animaux. Portant la marque de *Tsching-Hoa.*

Diam., 4. cent.

117 — PLAT rond creux, décoré en bleu sur fond blanc, de branches de pêcher et de cédrat, avec armoirie au centre. *Khang-Hi.*

Diam., 34 cent.

118 — PETIT PLAT, décoré en couleur de fleurs, rinceaux, papillons avec rosace au centre. *Khang-Hi.*

200

119 — PLAT rond creux avec marli gaufré à fleurs, décoré en couleur, au centre, d'un vase garni de fleurs et, à la chute, d'une bordure à fond vert piqué avec médaillons réservés. Revers à branchages et bordures. *Khang-Hi.*

Diam., 38 cent.

120 — AUTRE PLAT analogue au précédent, mais un peu différent de dimension.

121 — Petit plat à bord festonné, décoré en couleur, au centre, d'un fruit avec feuillage. Marli à compartiments fleuris. *Khang-Hi.*

122 — Plat rond creux, orné dans le fond d'un arbuste en fleurs. Bordure à carrelages avec médaillons fleuris en couleur. *Khang-Hi.*

Diam., 36 cent. 1 2.

123 — Plat rond creux, décoré en couleur sur fond blanc d'une femme assise dans un paysage, auprès d'un vase, et tenant un lapin sur ses genoux. *Khang-Hi* (marque symbolique).

Diam., 35 cent.

124 — Plat, décoré en couleur, au centre, d'un paysage avec *aris* et cigogne ; à la chute, bordure à quadrillé rouge de fer et quatre médaillons à fleurs. Marli orné de cigognes. *Khang-Hi.*

Diam., 35 cent.

125 — Plat, décoré en émaux de couleur, au centre, de rochers, arbustes en fleurs et oiseaux. Marli à quadrillés et carrelages variés, avec six médaillons réservés chargés de fleurs. *Khang-Hi.*

Diam., 38 cent.

126 — Plat rond creux, décoré en couleur de quatre compartiments autour d'un médaillon central en forme de quartefeuille. Dans chaque compartiment, rochers, feuillages, fleurs et animaux chimériques. Bordure extérieure à fond vert piqué, chargé de rinceaux dorés et de fleurs en couleur. *Khang-Hi* (marque symbolique).

Diam., 34 cent.

127 — Plat rond décoré en couleur ; dans le fond, deux figures de femmes sur des rochers, l'une tenant une pêche, l'autre appuyée sur un *aris* ; derrière le groupe se voient un panier renversé et un arbre fleuri. Large bordure à fond quadrillé, ornée de papillons et de branches fleuries. *Khang-Hi.*

Diam., 40 cent.

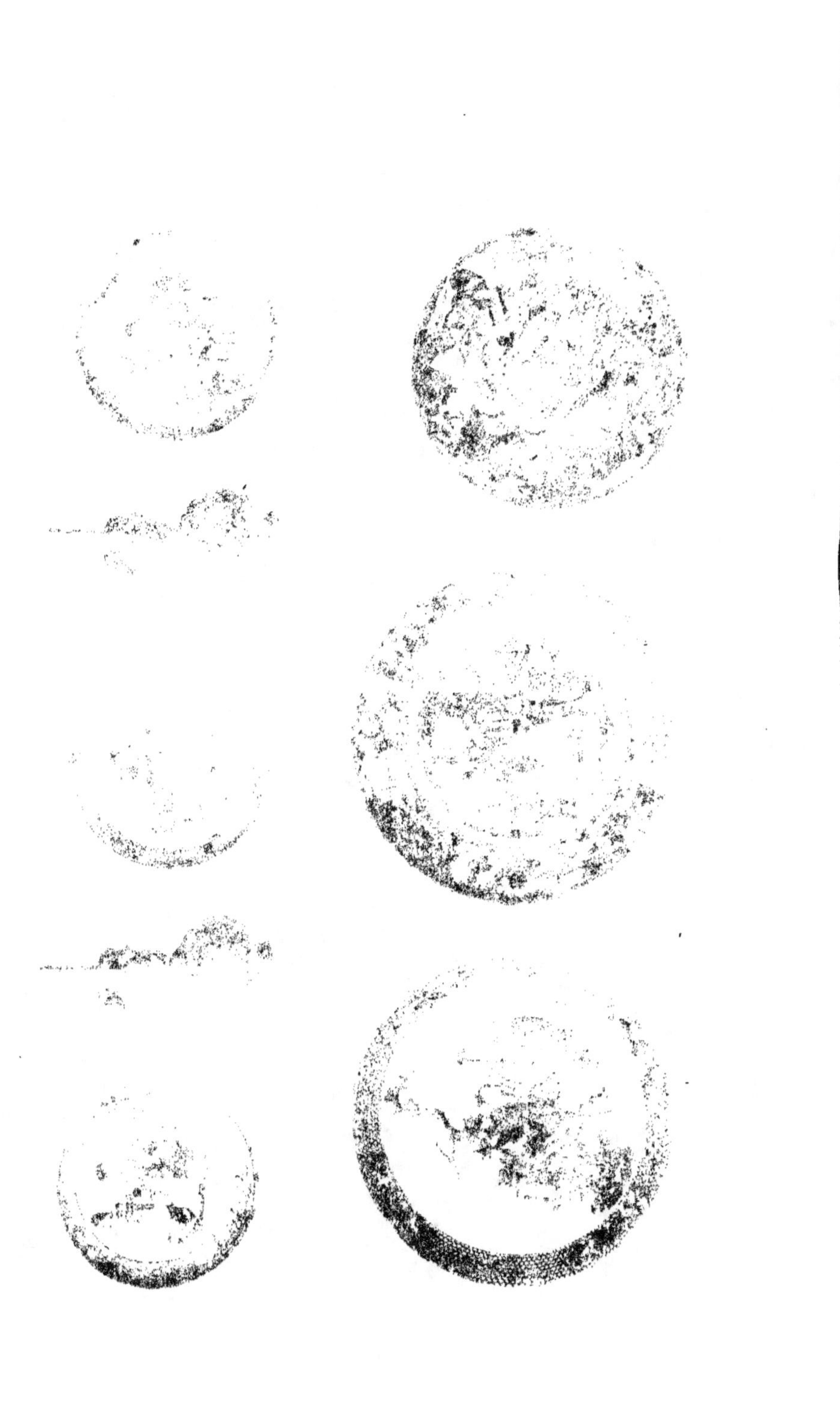

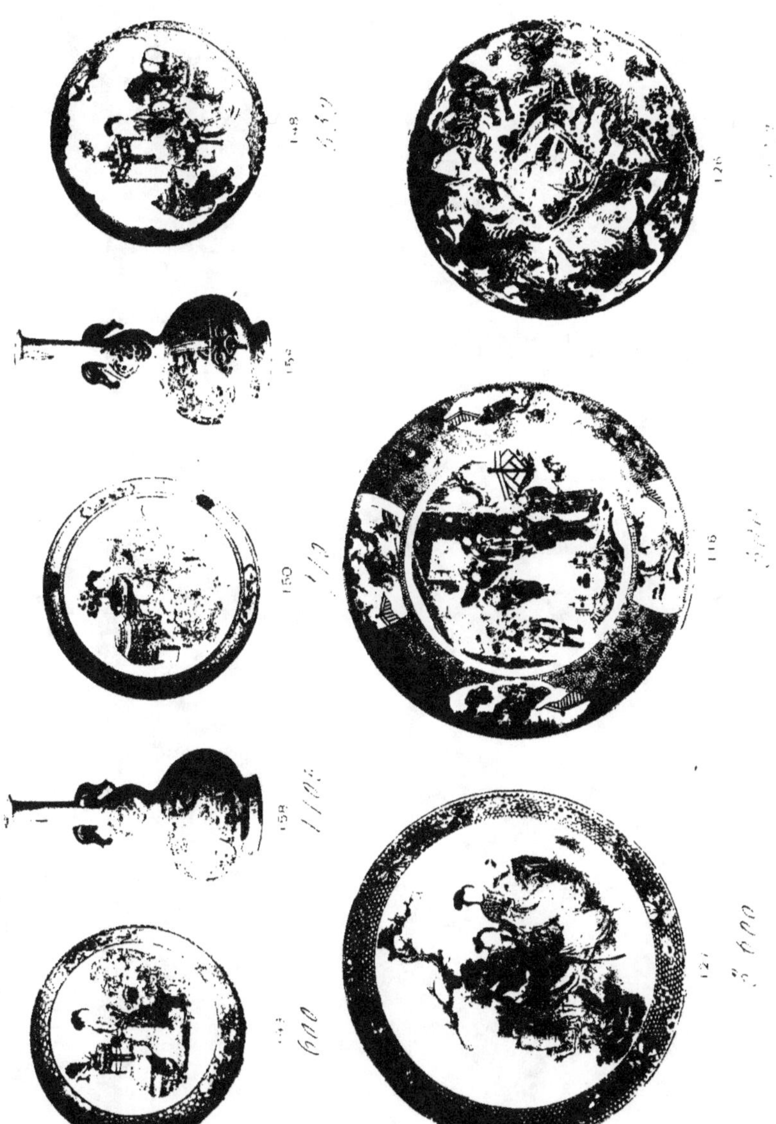

128 — PLAT rond creux, décoré en émaux de couleur, au centre, d'un chien de Fô entouré d'oiseaux, de papillons, de fleurs et de palmes. Bordure à fond vert quadrillé et piqué, chargé de fleurs avec médaillons, fond blanc. Au revers, guirlande de branches fleuries. *Khang-Hi.*

Diam.. 35 cent.

129 — ASSIETTE plate, décorée en couleur, au centre, d'une scène de *prêtres en prière*. Marli à médaillons avec oiseaux et poissons. *Kien-Lung.*

130 — ASSIETTE creuse, décorée en couleur de fleurs et d'un paon. Marli gaufré à feuillage et fleurettes, avec petite bordure à quadrillé et six petits médaillons. *Kien-Lung.*

131 — ASSIETTE creuse, décorée en couleur, au centre, d'une scène à deux personnages musiciens; à la chute, petite bordure à rinceaux. Marli vieil argent avec médaillon rouge de fer et noir, chargés de fleurs. *Kien-Lung.*

132 — ASSIETTE creuse, décorée en couleur, au centre, d'une scène de personnages à leur toilette; à la chute, bordure à quadrillé, encre de Chine avec rinceaux. Le marli, à fond vieil argent, offre des médaillons réservés en blanc ou rouge avec ornements bleu ou or. — Autre ASSIETTE creuse, décorée en couleur, au centre, d'une armoirie; à la chute, d'une bordure et au marli de fleurs. *Kien-Lung.*

133 — ASSIETTE creuse en *porcelaine mince*, décorée en couleur, au fond, d'un groupe de deux personnages dans un paysage avec oiseaux, lambrequin rehaussé d'or et bordure à fleurs et fruits. *Kien-Lung.*

Diam., 21 cent.

134 — ASSIETTE creuse en *porcelaine mince*, décorée en émaux de couleur sur fond blanc, au centre, d'une branche de pivoine et autres fleurs. Au marli, de fleurs, papillons et insectes. *Kien-Lung.*

Diam., 21 cent.

135 — ASSIETTE creuse en *porcelaine mince* décorée, au centre, d'un groupe de personnages dans un paysage. Marli à carrelages, à l'encre de Chine, avec quatre médaillons, ornés des fruits symboliques en couleur et rehauts de dorure. *Kien-Lung.*

Diam., 21 cent.

136 — COMPOTIER à bord festonné, fond or, avec médaillon au centre; dragon lançant une pagode. Autour, sur les flots, personnages.

137 — COMPOTIER à marli lobé et bord dentelé, décoré en couleur, sur fond blanc, d'un arbuste en fleurs avec papillons et insectes. *Kang-Hi.*

Diam., 26 cent.

138 — COMPOTIER rond, creux, décoré en couleur sur fond bleu, fleurs de lotus et canards. *Kien-Lung.*

Diam., 26 cent.

139 — COMPOTIER octogonal, décoré en couleur, au centre, d'un médaillon avec chien de Fô, encadré d'une bordure à rinceaux. Marli à huit compartiments décorés alternativement d'animaux chimériques, d'oiseaux et de fleurs. *Khang-Hi.*

Diam., 27 cent.

140 — COMPOTIER décoré en couleur, dans le fond, d'une scène à personnages. Marli à bordure vermiculée, chargée de fleurs, avec quatre médaillons réservés. *Khang-Hi.*

Diam., 27 cent.

141 — COMPOTIER décoré en couleur, sur fond blanc, d'un papillon, au centre, encadré de trois gerbes de fleurs. Au revers, fleurettes. *Kien-Lung.*

142 — COMPOTIER décoré en couleur, sur fond blanc, d'une scène avec plusieurs personnages jouant aux dames. *Yung-Tsching* (marque symbolique.)

143 — COMPOTIER octogonal décoré en couleur, dans le fond, d'un sujet maritime avec personnages. Le marli offre, sur fond turquoise, des fleurs et quadrillés sur fond rose. *Kien-Lung.*

144 — COMPOTIER à fond *bleu fouetté*, décoré en couleur, au centre, d'une réserve avec rochers, branchages et oiseaux, encadrée de quatre autres réserves à fleurs et paysages. *Kang-Hi.*

Diam., 22 cent. 1 2.

145 — COMPOTIER en *porcelaine mince*, décoré en couleur, sur fond blanc, de branchés de marguerites et chrysanthèmes. *Kien-Lung.*

Diam., 20 cent.

146 — COMPOTIER en *porcelaine mince*, décoré en couleur d'un groupe de deux personnages sur un balcon. Revers avec branchage. *Kien-Lung.*

Diam., 20 cent.

147 — COMPOTIER en *porcelaine mince*, décoré en couleur d'un arbuste en fleur avec oiseau. Fleurs au revers. *Yung-Tsching.*

Diam., 20 cent.

148 — COMPOTIER en *porcelaine mince* à revers rouge d'or, décoré en couleur, au centre, dans un médaillon dentelé sur fond clathré, d'une scène familiale avec ustensiles divers : table, vases, brûle-parfum, etc. Bordure à carrelage et trois petites réserves blanches ornées de rosaces et branches fleuries polychromes. *Yung-Tsching.*

Diam., 20 cent.

149 — COMPOTIER en *porcelaine mince* à revers rouge d'or décoré en couleur, au fond d'une scène familiale avec meubles, vases et ustensiles divers. Large bordure à fond rose carrelé et pointillé avec trois réserves chargées de fleurs sur fond blanc ; petite bordure à quadrillé. *Yung-Tsching.*

Diam., 20 cent.

150 — Comportier en *porcelaine mince* à revers rose, décoré en couleur, dans le fond, d'une scène familiale : jeune femme avec trois enfants jouant avec des lapins, meubles et ustensiles divers. Marli à trois bordures, fond rose, vert et bleu, avec quadrillés et carrelages et trois réserves à fleurs sur fond blanc. *Yung-Tsching*.

Diam., 20 cent.

151 — Théière à bec et anse surélevée, de forme quadrilobée avec son couvercle, émaillée en couleur sur biscuit ; la panse, à fond quadrillé vert et jaune, offre sur chaque face un médaillon avec rocher et fleurs en couleur sur fond blanc ; bordures à grecque et rinceau. Anse figurant un bambou recourbé. *Ming*.

152 — Deux petites coupes à saoutel, émaillées en couleur sur fond vert piqué et vermiculé avec masques et animaux chimériques. Sur l'anse, ainsi que sous le bec, sont disposés des petits lézards émaillés en vert ou bleu. Bordure intérieure répétant l'extérieure. *Khang-Hi*.

153 — Grand personnage debout, l'une des trois divinités *taoïstes*, émaillé en couleur sur biscuit. Il est vêtu d'une robe à fond vert, agrémenté d'oiseaux, fleurs et caractères en émaux polychromes ; coiffure à fond jaune retombant sur les épaules ; la tête est réservée en biscuit, ainsi qu'une main qui paraissait tenir une fleur ou feuille de lotus, laquelle n'existe plus. *Khang-Hi*.

Haut., 36 cent.

154 — Bouteille à col évasé en céladon craquelé bleu turquoise. *Khang-Hi*.

Haut., 35 cent.

155 — Bouteille à panse sphérique et col évasé, à fond *bleu fouetté*, ornée sur la panse de trois réserves blanches, décorées en bleu de vases fleuris, brûle-parfums et ustensiles divers : sur le col, deux petites réserves en forme de feuilles avec fleurettes en bleu. *Khang-Hi*.

Haut., 20 cent.

157

159

153

160

157

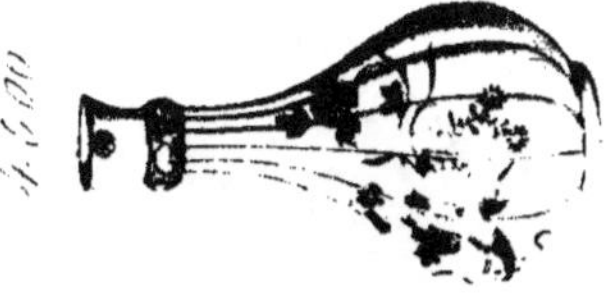

159

156 — BOUTEILLE à long col avec piédouche, décorée en bleu de dragons et fleurs avec lambrequin. *Khang-Hi* (marque à la fleur).

Haut., 27 cent.

157 — PAIRE DE BOUTEILLES, décorées en couleur sur la panse de potiches, gourdes et ustensiles suspendus par des nœuds de ruban à un lambrequin. Le col est agrémenté de trois petites bordures à bandes carrelées ou piquées et quatre petits médaillons ovales à fond rouge avec grecque en dorure. *Khang-Hi.*

Haut., 30 cent.

158 — PAIRE DE BOUTEILLES avec renflement et long col, décorées en bleu sur fond blanc ; à la panse, de motifs disposés en compartiments avec bordure et lambrequin. Au renflement, deux rosaces ; au col, feuilles de palmier. Elles sont ornées chacune de deux anses à tête d'éléphant en bronze doré. *Khang-Hi.*

Haut., 23 cent.

159 — PAIRE DE BOUTEILLES à panse côtelée et col uni, légèrement évasé au-dessus d'un renflement. Elles sont décorées en couleur et dorure de branches fleuries s'échappant d'une corne. Sur le renflement rouge de fer, court un rinceau réservé en blanc ; à l'évasement du col, quatre petites rosaces. *Khang-Hi.*

Haut., 24 cent.

160 — BOUTEILLE à renflement au-dessous du col légèrement évasé, décorée en couleur. La panse est divisée en quatre compartiments ornés alternativement de rochers avec fleurs, et de vases ou ustensiles divers. Ces compartiments, de forme mouvementée à la partie supérieure, sont surmontés d'une bordure alternativement rouge de fer et vert piqué, avec carrelage et lambrequin vert et jaune. Le col est orné de deux bordures vert et rouge ; au renflement, rinceaux réservés sur fond rouge brique. *Khang-Hi.*

Haut., 26 cent. 1, 2.

161 — BOUTEILLE à deux anses tubulaires, fond céladon, décorée en bleu de personnages dans un paysage. *Yung-Tsching.*

Haut., 32 cent.

162 — GROSSE BOUTEILLE avec deux anses à têtes chimériques et anneaux, décorée en bleu sur fond blanc de fleurs en rinceaux, ornements boudhiques, lambrequins et bordures. *Kien-Lung.*

Haut., 53 cent.

163 — BOUTEILLE à col évasé se terminant en fleur de lotus, décorée en relief de dragons dans des nuages émaillés en blanc. Bordure en grecque à la base. *Kien-Lung.*

Haut., 29 cent.

164 — BOUTEILLE à couverte céladon gris craquelé. *Kien-Lung.*

165 — BOUTEILLE carrée à couverte gris craquelé, ornée de deux anses faites de dragons ajourés. *Kien-Lung.*

Haut., 38 cent.

166 — BOUTEILLE à fond jaune ocré, orné d'un dragon dans les nuages, gravé. *Kien-Lung.*

167 — BOUTEILLE avec renflement au goulot, en céladon orné de fleurs sous couverte. *Kien-Lung*

Haut., 24 cent. 1/2.

168 — VASE cylindrique, à fond gris craquelé, décoré d'animaux, dragons ailés et attributs en léger relief sur fond gravé simulant les flots. Bordure inférieure avec fleurs. *Ming.*

Haut., 42 cent.

169 — VASE à panse turbinée, entièrement décoré de fleurs dans des médaillons en noir sous couverte et fond bleu turquoise émaillé sur biscuit. *Ming.*

Haut., 24 cent.

170 — VASE à panse turbinée et goulot étroit émaillé sur biscuit en bleu verdâtre, décoré en relief d'un semis de fleurs disposées régulièrement. *Ming.*

Haut., 27 cent.

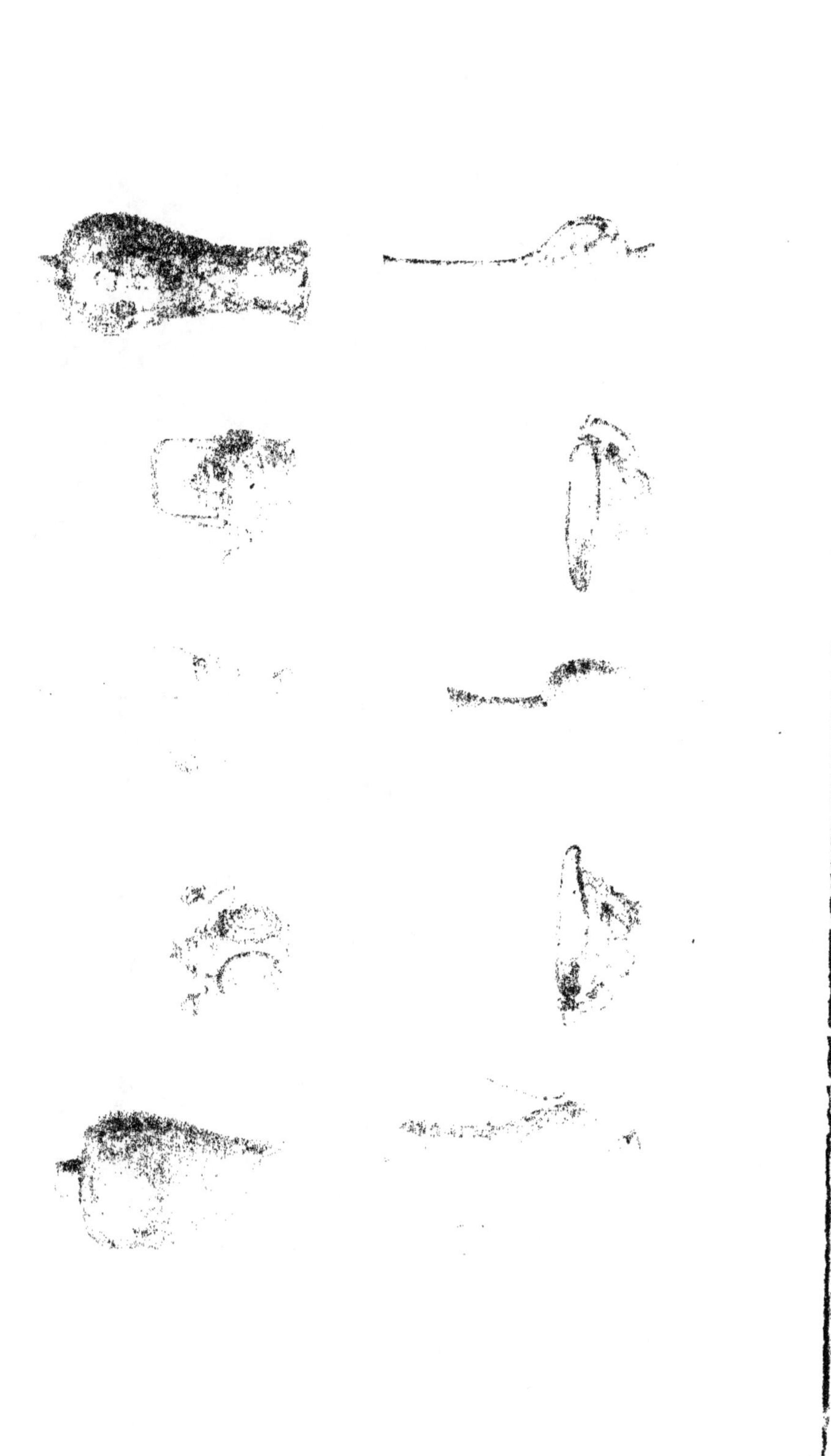

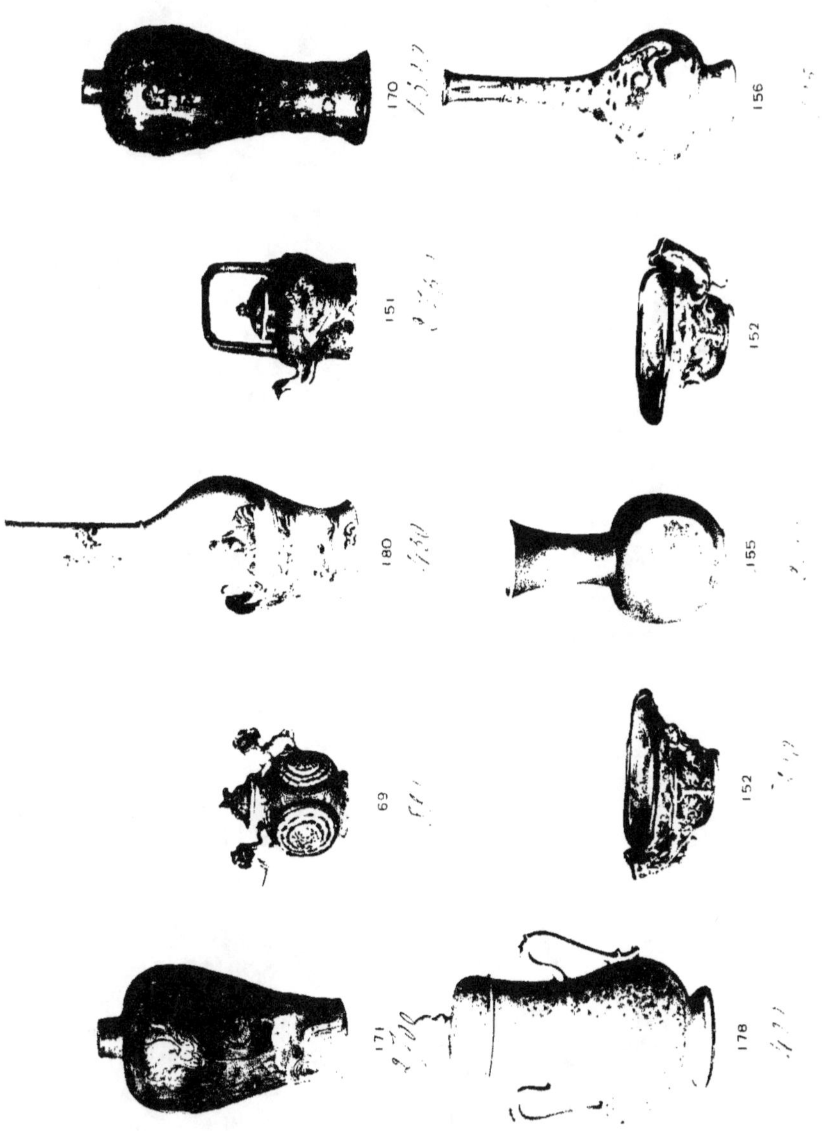
170
156
151
152
180
155
69
152
171
178

171 — Vase à panse turbinée et goulot étroit émaillé sur biscuit, à fond bleu turquoise, orné de feuilles et fleurs de lotus en léger relief avec flots simulés à la base. Décor aux trois couleurs. *Ming.*

Haut., 24 cent.

172 — Vase a surprise, simulant une pêche, *attribut de longévité,* émaillé sur biscuit en violet aubergine; anse et bec en feuillage. *Khang-Hi.*

173 — Vase de forme ovoïde, décoré, sur fond craquelé, d'un paysage maritime avec arbustes et fond de montagnes. *Khang-Hi.*

Haut., 38 cent.

174 — Vase, fond bleu turquoise truité, à panse turbinée à quatre lobes avec goulot étroit; anse à tête chimérique et anneaux. *Khang-Hi.*

Haut., 30 cent.

175 — Vase forme bouteille, avec deux petites anses, à fond craquelé, orné de cinq bordures gravées en creux et émaillées brun. *Khang-Hi.*

Haut., 35 cent.

176 — Vase à panse turbinée et col rétréci, décoré, sur fond gris céladon, de dragons et de nuages en vert gravé. *Khang-Hi.*

Haut., 26 cent.

177 — Vase, forme balustre, en céladon craquelé, orné de deux anses à têtes de lion, et trois bordures en forme de grecques émaillées en brun. *Khang-Hi.*

Haut., 35 cent.

178 — Vase couvert à deux anses, décoré en bleu sur fond blanc, de feuillage stylisé disposé en médaillons avec lambrequins sur la panse et le couvercle, et d'une large bordure à fond caillouté et réserves au col. *Khang-Hi.*

Haut., 27 cent.

179 — Petit vase à deux anses tubulaires au col, en céladon vert pomme, à larges craquelures. *Khang-Hi.*

180 — Vase en forme de balustre à col cylindrique, avec astragale à la base, décoré en couleur d'une scène à deux personnages : artiste peignant un kakémono et enfant préparant l'encre, rochers, palmier, branches fleuries, etc. *Yung-Tsching* marqué .

Haut., 34 cent.

181 — Grand vase à col évasé, décoré en couleur, sur la panse, d'un paysage avec habitations et personnages. Marqué : *Yung-Tsching.*

Haut., 28 cent.

182 — Vase plat, forme balustre, à deux anses tubulaires, fond céladon gaufré, orné sur ses deux faces de médaillons en couleur, avec chien de Fô et fleurs. *Yung-Tsching.*

Haut., 38 cent.

183 — Vase subconique, décoré en émaux de couleur des trois divinités *taoïstes* avec chauve-souris et arbre sur la panse, et d'une scène d'enfants jouant au col. *Yung-Tsching.*

Haut., 43 cent.

184 — Vase analogue au précédent et pouvant lui faire pendant, orné d'un personnage tirant à l'arc et d'enfants ; médaillon au col avec figure.

Haut., 42 cent.

185 — Paire de vases de forme ovoïde, en *porcelaine mince*, décorés en couleur de personnages dans un paysage. Petite bordure dorée en grecque au col. *Kien-Lung.*

Haut., 25 cent.

186 — Vase à double renflement et col évasé avec deux anses ajourées, décoré en bleu sur fond blanc de personnages figurant les *huit immortels* sur les flots, lambrequins, feuilles de palmier et bordures diverses. *Kien-Lung*.

Haut., 58 cent.

187 — Vase en forme de gourde aplatie à deux anses, décoré en bleu sur fond blanc de dragons, chauves-souris, rinceaux et médaillons. *Kien-Lung*.

Haut., 32 cent.

188 — Paire de vases de forme aplatie à deux anses dragons, décorés en bleu et rouge de fer, de fleurs dans des compartiments. Bordures de feuilles de palmier au col et à la base. *Kien-Lung*.

Haut., 37 cent.

189 — Vase à fond céladon vert d'eau, décoré sur la panse de fleurs, d'un oiseau : *fong hoan*, et de papillons en bleu et rouge de cuivre ; lambrequin et bordure au col. *Kien-Lung*.

Haut., 41 cent.

190 — Vase de forme hexagonale à décor jaspé jaune et vert, avec deux anses en lion de Fô. *Kien-Lung*.

191 — Vase bouteille à décor flambé rouge, bleu et vert, à deux petites anses à tête d'éléphant. *Kien-Lung*.

192 — Vase à panse turbinée, en céladon flambé violacé. *Kien-Lung*.

193 — Vase forme bouteille, à panse surbaissée, émaillé vert et brun uni. *Kien-Lung*.

194 — Vase à panse sphérique et col évasé, à deux anses têtes d'éléphant ; fond gris craquelé, bande médiane en bleu avec grecques, lambrequins et palmes. *Kien-Lung*.

195 — **Petite potiche** de forme ovoïde, à fond céladon gris craquelé, avec anses à têtes de lion décoré en bleu d'ustensiles, vases et fleurs. *Kien-Lung*.

196 — **Vase** à fond craquelé gris, orné de bandes gravées à carrelages, avec chauves-souris en brun et médaillons à chimères. Bordures diverses, palmes et lambrequins. *Kien-Lung*.

197 — **Vase** cylindrique couvert orné, sur l'épaulement, de quatre petites anses, décoré sur fond blanc de rinceaux fleuris et chrysanthèmes en bleu. *Kien-Lung*.

Haut., 25 cent.

198 — **Vase** de forme ovoïde, avec deux anses au col faites de chimères bleu turquoise, décoré sur fond brun verdâtre, en bleu et rouge de cuivre, de dragons dans les nuages et de feuilles en léger relief. *Kien-Lung*.

Haut., 24 cent.

199 — **Potiche** forme ovoïde, avec couvercle, à fond vert gravé et ornée de fleurs en émaux de couleur. *Kien-Lung*.

Haut., 28 cent.

200 — **Vase** ovoïde, décoré en couleur, sur fond blanc, de rochers et arbustes en fleurs, avec oiseaux. *Kien-Lung*.

Haut., 38 cent.

201 — **Vase-bouteille** émaillé en couleur, sur fond vert et rose, de fleurs, rinceaux et lambrequin. *Kien-Lung*.

Haut., 30 cent.

202 — **Vase** à panse et col cylindrique, avec deux anses ; fond céladon chamois craquelé, avec grecque en relief ; bordures et anses brunes. — **Bouteille** à col orné d'un lézard en relief en craquelé. — **Petit vase** en céladon craquelé, avec deux petits masques à anneaux.

MEUBLES

203 — Deux vitrines d'entre-deux à hauteur d'appui avec coins arrondis, de style Louis XVI, en acajou, ouvrant à tiroirs à la ceinture et trois portes vitrées. Elles sont richement ornées de rinceaux de feuillages fleuris, de moulures, d'une galerie à lambrequin de draperie et d'ornements divers en bronze ciselé et doré. Dessus de marbre blanc.

Haut., 1 m. 02; long., 1 m. 1; profond., 55 cent.

204 — Grande vitrine ouvrant à deux portes en bois plaqué d'ébène et moulures de cuivre.

Haut., 1 m. 50; long., 2 m. 50.

205 — Meubles à deux corps, le supérieur ouvrant à deux portes vitrées, l'inférieur à deux portes pleines avec tiroir intermédiaire; il est en bois de noyer sculpté ciré, surmonté d'un fronton et son ornementation comprend des moulures ornées, des chimères, cariatides, frises, etc. En partie du XVII° siècle.

Haut., 2 m. 40; larg., 40 cent.

www.ingramcontent.com/pod-product-compliance
Lightning Source LLC
LaVergne TN
LVHW011356170726
843501LV00006B/1861